결핍이 있어야만
완벽해질 수 있음을

결핍이 있어야만
완벽해질 수 있음을

이승 지음

맑은샘

머 리 말
序頭

같은 것을 보더라도 어떤 사람은 감동 받는 반면
어떤사람은 부담스러워 하기도, 오글거려 하기도 한다.
각자 살아온 환경, 접해온 경험들이 다르기에
가치관 역시 다르리라 생각 한다.
⇒ 어느 누군가가 부담스러워 하고 오글거려하는 글을
 가치없는 글이라 생각 하지 않는다.

정말 가치없는 글은 아무나 쓸 수 있는 글이다.
그렇기에 나는 이 책에 나만 쓸수 있는 글을 남기려
한다.

2023.11.19 한남동

脉络 mạch 脈絡 relación suite
cohérence konteks КОНТекст cohérence
vena บริบท, ความสอดคล้อง

context

맥락

그냥 맥락을 외국어로 번역한 것이다.

나는 사람들과 대화하는 것을 좋아한다.

그 사람만이 할 수 있는 톤, 말투, 제스처

그것들을 보는 것보다 더 좋은 것은

그 사람만이 경험해온 인생을 엿볼 수 있는 것이다.

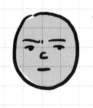

타인에 눈치를 많이 본다면
과거의 인간관계에서 많은 시행착오를 겪어
조심성이 많아진 것이고

어떤 부분에 과장된 허세가 느껴진다면
그 부분에 과거의 열등이 심겨 있는 것이며

부정적인 감정을 쉽사리 표출 한다면
그의 가까운 주변사람 역시 (예를들면 부모님)
감정표현 절제능력이 부족하다.

그렇게 다양한 이야기를 듣다보면

굉장히 많은 모순들이 있다.

예를 들면

자신의 툇담화를 깼기 때문에 똑같이 갚아줘야 한다고 주장하는 A.

자신의 아픔은 고평가 하지만 타인의 아픔은 저평가 하는 B.

이러한 예시들을 분석해 볼까?

※1. 첫번째 사례.

> 자신의 뒷담화를 깠기 때문에 똑같이 갚아줘야 한다고 주장하는 A.

1. 전제

① A는 자신의 뒷담화를 까는 것을 싫어한다.

② A는 자신이 싫어하는 행동은 타인도 싫어한다 판단했다.

③ A는 자신에게 불쾌감을 준 사람에게 똑같이 갚아줘 불쾌감을 주길 원한다.

2. 모순점

① 자신이 당했을 때 불쾌 했던 경험을, 상대방도 동일한 불쾌감을 느낄것을 앎에도 똑같이 행동한다.

② 복수라는 것은 근본적으로 모순이 다분하다.

→ 복수는 상처를 낳고, 그 상처는 또 다른 복수를 낳는다.

※2. 두 번째 사례.

> 자신의 아픔은 고평가 하지만 타인의 아픔은 저평가 하는 B.

1. 전제

① B는 아픔을 겪었다.

② B는 타인의 아픔을 겪어보지 못했다.

2. 모순점

자신의 아픔은 이해할 수 있는데 타인의 아픔은 이해하지 못하는겨.. 모순적이다.

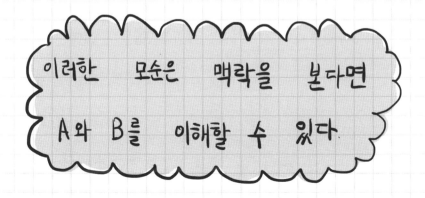

이러한 모순은 맥락을 본다면 A와 B를 이해할 수 있다.

※ 3. 맥락으로 분석한 사례

개개인을 이해하기 위해선

그 사람 인생 자체, 아니 그의 가족. 조상.

그것을 넘어 인간 진화 자체를 고려해야 한다.

1. 첫번째 사례.

〈 전제 조건 자체가 잘못되었을 수 있다. 〉

뒷담화란 무엇인가? →

- a. 뒷담화라는 것은, 타인의 평판을 깎아 내리기만을 위한 목적성을 가지진 않는다.
- b. 어쩌면 감정을 표출해 냄으로서 부정적 감정 해소 효과
- c. 발화인과 청자 호 하여금 유대감 형성을 위함일 수 있다.

이는 단순 복수로만 볼 수 없다.

요약 → • 뒷담화 행위를 함으로서 복수를 한다고 생각함
 • BUT. 복수의 가면을 쓴, 감정 표출 및 유대감형성 방법이었음.

2. 두번째 사례.

< 맥락을 파악하기 위한 배경지식이 부족하다. >

① 말에대한 정확한 어조가 텍스트 한문장에 들어가 있지 않다.

② B가 그런 말을 뱉기 까지의 전후 관계가 나와있지 않다.

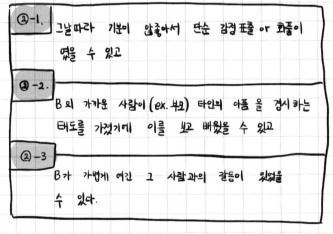

②-1. 그날따라 기분이 안좋아서 단순 감정 표출 or 화풀이 였을 수 있고

②-2. B의 가까운 사람이 (ex. 부모) 타인의 아픔을 경시하는 태도를 가졌기에 이를 보고 배웠을 수 있고

②-3 B가 가볍게 여긴 그 사람과의 갈등이 있었을 수 있다.

그 외에도 다양한 경우의 수가 있을 수 있다.

여차여차 처음으로 돌아가서
내가 예시를 분석하며 계속 이야기 해왔던 것의
핵심은

〈 Context 를 고려해야 한다. 〉

이다.

단편적인 순간순간만, text 자체로만 본다면
모순적이고, 잘못되고, 반박요소가 많을 것이다.

이 책 역시도 그렇다.

독자에게 맥락을 봐달라 말하고 싶다.
나 역시 이 책에 맥락을 담으려 노력했다.
그럼에도 부족한 점이 많을 것이다. 너그러히 봐주길 바란다.
이 책의 첫 이야기엔 이 말을 담고 싶었다.

슬로모션　비디오　사진　인물사진　파노

2023. 01. 30. 日 차에서

2023年 11月 26日

완벽해지기 위해 노력 하는 사람이야 말로,
인생에 있어 깊이 있는 사람이라 생각 한다.
어쩌면 완벽한 사람 보다 더.

완벽해지기 위한다는 것은
현재는 불완전 하다는 것.

그렇게 불완전한 사람이 완벽해지기 위하여 노력 하는
그 과정이 아름답다.

그런 과정이 있어야만,
불완전 했던 상황이 있어야만

불완전 한 사람들을 이해할 수 있을 것이다.

다른 불완전한 사람들이 노력하는 그 과정 역시

알아챌 수 있을 것이다.

다른 사람의 진가를 알아보는 사람은 자신의

과거 역시

비슷한 고통을 극복해낸 사람일 것이다.

겪어보지 않은 사람은
절대 이해하지 못한다.

어떤 인생을 살아왔으며   어떤 경험을 해왔으며 어떤 시도를
도전 해왔기에

지금의   모습이 되었을까
싶은 사람이 있다.

나 역시도   어떤 상황을   겪어야 저런 모습이 되는지
시도 해온 행동들이   있었기에

유추는 할 수 있지만
완벽하게 그의 인생을   바라본 것도,
그 사람 자체가 되어 겪어온 것도 아니기에

유추밖에 할 수 없다.

그 상처가 얼마나 아픈 지는
찔려 본 사람만 안다.

상처에 찔려
짓물이 나오고
회복되는 과정에서
굳은 살이 박혀

같은 상처를 받아도 아프지가 않다.

하지만
다른 사람이 상처 받지 않길 원한다.
그 상처가 얼마나 아픈지
고통을 겪지 않았으면 한다.

나에게 상처를 입힌 이 조차도.

그들은 고슴도치나 멍게처럼
상처 입기 쉬운 속 살을 숨기기 위해
뾰족해졌나 보다.

그들 주변에 가면 따갑고 아프지만
그들이 그렇게 될 수 밖에 없는 환경을 보면
연민이 일어나온다.

그들은 상처받기 쉬운 사람들이구나.
상처받지 않기 위해 뾰족한 갑옷을 두르고 있나보다.
그들만큼은 더 상처받지 않았으면 좋겠다.

2023年 11月 2日

내 자신이 있어야 남이 있는 것이다.

내 자신이 행복해야
타인의 행복을 돌아볼 수 있다.

내 자신이 없는데
타인을 보려 한다면

그 인생은 무너진다.

타인을 보기 전에 내 자신을 돌아봐야 한다.

아직 나는 굉장히 부족함을 느낀다.
어떻게 내 자신에 확신을 가지는가.

2024年 01月 14日

기록.

기록이라는 것은
승자의 관점에서 적혀진다.

남아질 것이고

그대로 흘러갈 것이다.
먼 미래까지.

싸움에서 이긴 사람 입맛대로.

그것이 싸움에서 이긴 자 만이 가진 특권이
아닌가?

싸움으로서 발생한 수 많은 피해자들의 아픔.
어쩌면 비윤리적임을 넘어 말로 이루 설명할 수 없는 폭력성.

그 싸움으로서
내가 이기냐   너가 이기냐
내가 이겼을   때의   가능 세계
너가 이겼을   때의   가능 세계

이 둘을 열어 보았을 때

미래는 크게 다르지 않지만
피해 역시 크게 다르지 않지만

내가 이겼기 때문에
국민을 안심시켜야 한다.

내가 이겨서 다행이라고
너가 이겼다면

윤리적으로든 사람들의 무엇인가 전통성으로든
아픔으로든

굉장히 피해가 많았을 것이라고.

11:48

가정이 무엇 중요한가
어쨌든
결과는 펼쳐졌고
과거는 바뀔 수 없지 않은가.

2023年 06月 25日

누군가를 압도하기 위해선
그 사람보다 내가 우위에 있다는 생각이 정신에
박혀있어야 한다.

실지로 누가 우위에 있냐는 중요한 것이 아니다.

그러한 생각이 밑바탕에 깔림과 동시에
그 판은 시작과 동시에 압도한 이가 이긴거나
다름 없다.

"오류"

많은 사람이 실수하기에, 잘못된. 하지만 잘못된
줄 모르는 이가 많다.

그렇다면   그러한 오류가 잘못됨을 알려라도
교묘하게   섞어서 정당한 논거처럼 포장하여
사용해도   합당할까.

"표현력"

그저그런 깔끔한 한가지 키워드를
어떻게 표현 하느냐에 따라
가치가 달라진다. 그 키워드를 담아낸 겉치례엔
그 인간만이 낼 수 있는
감정과 호소력이 묻어 나오기 때문에.

2021年 12月 13日　　　　　群衆 과 責任.

수 많은 사람들이 같은 주장을 할 때,
그 말에 대한 책임은 그 많은 이들로서
분할된다. 개인이 지는 책임은 0에 수렴하게
된다.

하지만 그 말이 향한
당사자가 짊어야 될
무게는 무엇보다 커지게
된다.

다수와는 다른 의견을 주장한다는 것은 두려운 도전이다.
그에대한 나의 고찰을 말해 볼까 한다.

Ｉｆ. 다수가 같은 주장을 한다면 →

< 내 의견과 다르더라도 다수의 편에 서야 한다. >

그 이유는

① 내가 잘못됐을 경우가 확률적으로 높다.

② 나와 생각이 다르더라도 다수의 흐름에 맞추는 것도
인생 공부 및 사회생활 공부의 첫걸음이다.

③ 다수와 싸우는 것은 에너지를 많이 소비하는 모험일
것이다. 합리적인 곳에 사용할 수 있는 에너지가
낭비될 수 있다.

If. 만일 내가 왕따가 된다면 어떻게 행동해야 하는가?

① 처음에는 힘들것이다.

내 자신이 부정당할것이다. 이럴 때 일수록 내 자신을 사랑해야 한다.
다른 사람은 다 나를 싫어하더라도 내 자신만큼은 내 자신의 편이
되어 주어야 한다.

② 행동에 조심해야 한다.

사건이 일어나면 쥐워담을 수 없다. 그럴 때는 조용히 지낸다면
다른 사건이 일어나 조용해 질 것이다. 하지만 한번 사건이 일어
났다는 것은 재발할 가능성이 굉장히 높다. 더욱 조심해야 한다.

③ 선택에 무게감을 가져야 한다.

힘든 상황일수록 판단력이 낮어져, 충동적인 선택을 할 가능성이
높아진다. 충동구매, 혹은 남에게 감정적으로 가려는 습성이 강해져
인간관계를 잃음 이 일어날 수 있다.

④ 겸허히 받아들여라.

근본적인 문제상황을 분석하고 해결방안을 생각하며 재발을 방지해야 한다.
다양한 관점에서 경우의 수를 따져가며 생각하는 과정에서
당신은 정신적으로 성장할 수 있을 것이다.
이렇게 정신적으로 성장할 수 있는 기회가 된 지금을 재앙이라 생각하지
말고 감사해 보자.

2023. 06. 25 집앞 횡단 보도

同 情 心 ; Sympathy . 동정심.

남의 어려운 처지를 자기 일처럼 딱하고 가엽게 여기는 것.

자신을 불쌍한 사람으로 칭하며 동정심을 자극하여 인간관계에서 우위를 얻으려 하는 A.

자기보다 못한 사람에게 동정심을 느낌에 동시에 자신은 그들보다 잘남에 안도감을 느끼는 B.

지나친 자기연민에 빠져 자기 개발을 하거나 해결할 에너지 조차 남지 않은 C.

누가 제일 한심한 사람일까?

無. 없다.　단 한사람도　한심한　사람은　없다.

A씨는　악랄해 보일 수 있으나, 자신의
이득을 얻어낼 수 있다면 단점도 서슴없이
들어낼 수 있는 전략적인 사람이다.

B씨는 모척 하고 그냥 넘어갈 수 있는
일을 따뜻하게 공감해 줄 수 있고
그를 넘어 인생의 의미를 작은 것에도
쉽게 찾아 낸 사람이다.

C는 발전 가능성이 무궁무진한 사람이다.
자기 자신에 대한 혐오의 고통의 무게를
짊어져 본 경험이 있기에 행복이 찾아
왔을 때 본질적으로 즐길 수 있다.

2023年 10月 29日

무엇이 정답이고 무엇이 오답인가?

명확한 기준이 있는가?

싸움이라는 것이 의미가 있는가?
적군이 틀림으로서
자신이 맞음을 증명하려는

흑백논리.
단순 편가르기가 아닌가?

누가 틀리고 누가 맞는가

세상의 그 무엇도 정답을 확신할 수 없는데
어째서 적군이 틀렸음을 확신하는가

오만하다.

2023.06.16

被害者와 加害者의 關係性.

피해자와 가해자의 관계성.

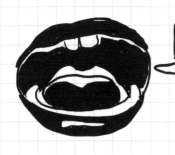

항상 사람들 이야기를
들어보면,

걔가 나한테~~

얼마나 짜증났는지

걔가 아무이유
없이

자신을   피해자로   칭한다.

왜 피해자만 있는가?

자신이 가해자가 되면

자신이 가해하는 걸 인정 하는 사건들을

숨겨서 그런 걸까?

어떤 한 사건이 발생한다 가정하자.

 A는 B가 똑바로 일을 하지 않아

자신이 피해를 봤다고 주장 할 것이다.

 B는 A가 자신에게

비아냥 거리고 태도가 좋지 않다고

주장할 것이다.

 결론적으로 이러한 가정으로 우리가 도출할 수

있는 결론은 무엇일까?

[각자 개개인은 같은 사건에서 자신의 관점에서

각자가 억울한 부분만 기억하는 것이다.]

상황을 분석해 보자.

인간은 각자가 서로 다른 환경에서 자라오며
다른 가치관, 인격, 정체성을 가지게 된다.

A와 B 역시도 이와 같다.

A는 '능력'을 중요시 하는 환경에서 자라왔을 가능성이 높고,
B는 '태도'를 중요시 하는 환경에서 자라왔을 가능성이 높다.

갈등 상황이 발생하게 된다면,
보통 사람들은 무언가의 탓을 하게 된다.

1 남 탓.

2 환경 탓.

3 자기 탓.

80% 이상의 경우. 1번. 남탓을 하게 된다.

또, 2번 3번 환경& 자기탓의 경우 생각 때문에
조용해 진다.

남 탓의 경우 2번 3번 보다 말로 표현하기가
수월하기 때문에.

↳ 즉, 남탓(자신을 피해자로 칭함)을 하는 사람이
두드러지게   많아 뵐 수 밖에 없다.

아까 3가지의 탓이 있다고 했다.
3가지의 탓은 각각의 특징이 있다.
각각의 특징을 알아보고 현명한 갈등 대처법을
연구해 보자!

첫번째, 남 탓

· 우선적으로 마음이 편하다.

· '말'이라는 감정표현 도구를 이용하여 감정을 표출
  함으로서 ① 인정욕구 충족 ② 감정이 수그라 드는
  효과가 있다.

· 근본적인 해결이 힘들다.
  ↳ 근본적으로 해결돼야 하나? 이것도 생각해 봐야
    한다. 근본적으로 해결하는 것이 정답이 아닐 수 있다.

· 남 탓이 과도할 경우 주변인이 떠나가 버린다.

두번째, 환경탓

· 보통은 남탓을 먼저 하다가 특정 사건을 겪게 되면
환경 탓으로 넘어가게 된다. ↑

[ex. a. 남 탓을 들어주는 친구들이 모두 떠나 버림.
　　 b. 혼자 꼬리의 꼬리를 물고 생각에 빠짐.]
　　　　　　　　　　　　　등등등)

· 환경탓의 경우 블랙홀과 같아서 끝도 없다.

　→ 무조건적으로 생각을 없애버려야 한다.
　　　　　　　　　　　　　　　　　　☆

· 환경탓 메커니즘 ➡

　① 갈등 상황 발생 ② 갈등의 이유 분석 ③ 분석 과정에서 편향적인
시야에서 유발된 문제 발생! (여러 논리적 오류에 기인함)
　④ 계속적인 환경탓의 반복으로 우울감 & 무기력에 빠져 버림.
　(ex. 나는 환경 때문에 계속해서 실패할거야!)

세번째, 내탓.

- 보통은 자존감이 낮거나, 자기 자신에 대한 완벽주의가 심한 사람이 많이 하게 된다.

- 계속해서 내 탓을 하게 된다면 자기 혐오에 빠지게 된다.

- 내탓을 하는 사람은 자기성장 가능성이 높다.

결론적으로, 현명한 갈등 대처법이 무엇일까?

→ 1. 감정 조절하기
  2. 갈등 해결법 고민하기
  3. 상황 종료 후 배운점 만들기

첫번째, 감정 조절하기

감정이 양 극단으로 가 있게 된다면   판단력이 흐려진다.

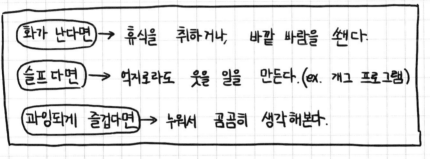

(화가 난다면) → 휴식을 취하거나, 바깥 바람을 쐰다.

(슬프다면) → 억지로라도 웃을 일을 만든다. (ex. 개그 프로그램)

(과잉되게 즐겁다면) → 누워서 곰곰히 생각해본다.

⇒ 이런식으로 감정을 중화시켜야 한다.

(이러한 감정조절 방법은 사람마다 다르다. 직접 여러 시도를
해보며 자신의 감정을 조절하는 연습을 해야 한다.)

두번째, 갈등 해결법 고민하기

감정이 정리가 되었다면 갈등해결 법을 고민해본다.

상황을 분석하여 나에게 가장 좋은 방법을 찾아야 한다.

정말 극단적으로, 상황에 따라

① 해결하지 않는 것 ② 피해 버리는 것 ③ 시간을 두고 지켜보는것

이런 방법이 해결법이 될 수 있다.

그렇기에 깊이 생각해보고 해결방법을 고안해내야 한다.

한가지 팁이 있다면, 관련없는 제 3자에게 물어보는 것도 도움이 될 수 있다.

객관적인 시야로 바라볼 수 있다.

❈ 타인을 바꾸는 것은 해결방법이 될 수 없다.

→ 그 타인이 바뀌기 싫은데 강요를 하게되면 상황이 악화된다.

철저히 내가 할 수 있는 행동에서 선택해야 한다.

세번 째, 상황종료 후 배운점 만들기

그 상황에서 배운점이 있다면 좋다.

(예를들면 상황 해결법 이라던지, 동일한 상황이 발생하지 않도록 차단하는 방법이 있다.)

이처럼 비슷한 상황이 반복되지 않는다는 것은
나 자신이 무엇인가 변화했다는 것이고,
발전 했다는 것이다.

갈등 상황이 해결이 됐든, 되지 않았든

비슷한 상황이 반복되지 않도록
배울 점을 만들어야 한다.

2023.06.24

2024年 01月 15日

타인은 나에 대해 깊게 생각 해 보지 않은 채
직관적으로 이야기 한다.

어쩌면 깊지 않기에
객관적으로 볼 수 있기도 하다.
그러한 객관적인 시야의 조언을 받아들이는 것도 발전에
도움이 된다.

하지만

그들의 말에 휘둘려
깊은 자기혐오에 빠져서도 안된다는 것이 나의 생각.

타인의 말이 100% 맞는다는 보장이 없다.

그런데 어째서
그들의 말이 맞다는 확신을 가지고
자기 혐오에 빠지는가.

지금까지 십수년을 살아온 내 자신도 나에 대해
모르는데
그들이 쉽게 던진 말에 의해
내 자신이 흔들려선 안된다.

물론 참고를 할 순 있다.

그 중간... 어딘가가 중요한 것이다.

·
·
·

나는 타인의 말에 잘 휘둘렸다.

그들의 말이 100% 맞다고 판단했다.

개중엔 틀린말 역시 많을 것이다.

그렇기에, 모두가 다르기에.
모순적이었고 그 모든 걸 충족할 수 없었다.

그 모든 것을 충족할 수 없었기에

충족이 안 된 이들은
내 탓을 쉽게 했다.

나는
탓의 무게가 얼마나 무거운지 알기에

남 탓을 일절 하지 못하고
그 무게를 나에게 더더욱 묶였다.

결국은 자기혐오로 빠졌다.

다 내 잘못 같고
그 누구도 내 편이 없다.

애초에
누구보다 내 편이여야 하는 내 자신이
내 편이 되어 주지 않는데

그 누가 내 편이 되어 주겠는가.

:
.

내 자신에게 이렇게 이야기 해 주고 싶다.

다른사람이 날 싫어할까봐 무서워 할 필요 없다.
싫어 해도 된다. 싫어 할 수 있지.
나도 세상 사람 전부 좋아하진 않는데.
세상 모든 사람이 나를 싫어 해도
단 한가지. 내 자신 만은 나를 좋아한다는
확신이 있어야 한다.

나는 내가 좋기 때문에 이렇게 살아 온 것이고
나는 내가 좋기 때문에 앞으로 살아 갈 것이다.

2022年 07月 06日.

기억은 돌멩이와 같아서

않좋았던 기억은
돌 위에 존재하는 먼지와 불순물 같이
풍화되어 날라가 버리고
좋았던 기억만 추억 이라는 이름으로
남는다.

2023.05.07

劣等感 ; inferiority, 열등감

자신이 남보다 못하거나 부족하다는 생각에서 오는 느낌. 위키백과

아들러는   열등감에 대한 이야기를 많이 했다.

독일의 심리학자
알프레트 아들러

A.Adler   개인 심리 이론

·열등감: 개인이 잘 적응하지 못하거나 해결할 수 없는
문제에 직면했을 때 나타나는 무능력감에서 생긴다.

(열등감) ──── 근거 ────→ (동기유발)

(열등감) ──────→ 우월을 향한 노력
                (우월성 추구)

BUT. (열등감) 부정적 작용 시, 열등감 콤플렉스

자기 혐오에 빠지게 된다.

·극복 방법: 무능감에서 벗어나야 한다.

For example

① 자기 혐오 / 열등감 발생

② "힘든 상황에서 성공을 일궈낸 A의 사례"
   와 "자신의 실패"를 비교

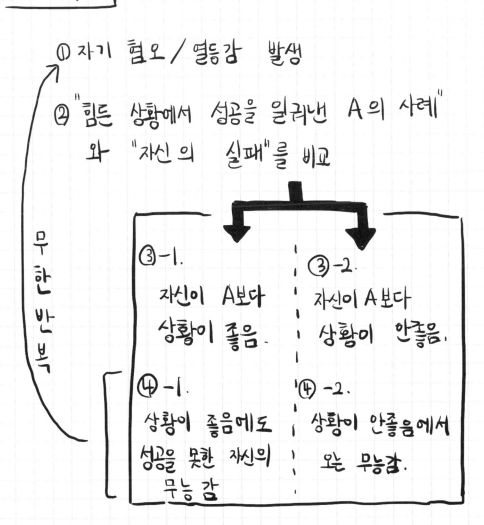

무한반복

③-1.
자신이 A보다
상황이 좋음.

③-2.
자신이 A보다
상황이 안좋음.

④-1.
상황이 좋음에도
성공을 못한 자신의
무능감

④-2.
상황이 안좋음에서
오는 무능감.

무능감을 극복하는 방법은 무엇일까?

무한한 자기혐오에 빠진다면 (빠진 사람을 본다면)

어떻게 해야 하는가?

A. Adler는 말했다.

> 열등감이란 매우 정상적인 감정,
> 이를 극복하는 과정에서 성장한다.

열등콤플렉스를 유발하는 요소는 수치스럽다.

직시하고 싶지 않다.

하지만

⇒ 무능감 을 직시해야 한다.

근본적인 내 안의 무능감을 꿰뚫어 보자.

열등감을 활용하는 방법

• 어떻게 직시 하는가?

① A. Adler 의 말대로 열등감은 매우 정상적인 과정이다.

'나만 불쌍해' 라는 생각을 버리고 '이런 감정이 생기는

것은 정상적인 과정이야.' 라고 생각하자.

② 내 안의 열등감을 인정하자.

③ 열등감을 활용하자.

⇒ 남들보다 부족하다는 생각.부족하기에 잘 나고

싶은 마음이 있다.

그 마음이 자기 발전을 하기위한 열정의

원동력이 될것이다.

④ 내가 노력했음에도 실패하여 열등감이 심화될까

두려워 하지 말라.

2024年 01月 12日

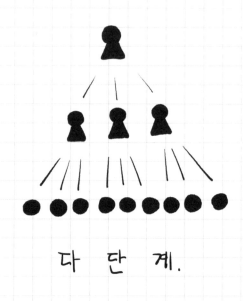

다 단 계.

등급을 올리기 위해서 어째서 안달인가?

급여를 더 받기 위해서?

아닐 것이다.

어쩌면

남보다   등급이   높다면
남보다   자신이   잘났다는   것을
증명하는   것이라   생각한다.

자신의   존재가치를   계속해서   찾아가는   인간은
계속해서   증명하고   싶을   것이다.

남과의   비교에서,
남보다   높은   등급에서

자기자신을   증명하는   것이다.

남보다 잘난 허세.
그게 무엇이 중요한 것인가.

타인과 계속된 비교에서 비롯된 열등감이
만들어 낸

경쟁심리가 아닌가 싶다.

2023年 11月 20日

돈을 쫓는 것은 천박하다는 교수님,

교수님 목의 스카프에는 한달치 방세가,

가방에는 다섯달치 생활비가

패딩에는 아홉달치 식비가

걸려 있었다.

당장 오늘 하루 식비를 걱정하며
전전해야 하는 사람들이 많은데 말이다.

돈을 쫓는 것은 천박한 일인가?

나는 이렇게 생각한다.

비참해지지 않기 위해,
가족을 책임지기 위해

돈을 쫓음으로서 천박해진다면

나는 천박해지겠다.

돈을   쫓음으로서   자존심을 파는   것이

천박한   것인가?

진정한   천박함은

자신의   자존심   때문에

자신의   책임을   다하지   않는 것이다.

지금 와서 다시 생각 해 보면, 이러한 의견차이는 교수님과 나, 각자가 생각하는 돈의 정의가 다르기 때문이 아닌가 싶다.

① 교수님께서 돈은 천박하다 말 한 이유는,
교수님이 겪어온 주변인의 속보이는 천박함이,
돈으로 포장되어 있었기 해문이다.

② 교수님과 나의 경험의 비대칭 때문일 것이고,
이러한 비대칭에 의해, 돈의 가치가 다르게
느껴졌기 해문이다.

2023.07.30

2023年 12月29日

회피로서 도달한 공간은
더 큰 회피만 있음을

내가 살아온 세상을 깨버려야 한다.

똑바로 보고 분석해야 한다.
문제 상황을

쳐다보기가 너무 두려울 것이다.
내 자신의 처절하고 나약한 모습이
있는 그대로 보이기 때문에

그러나 직시라는 경험을 겪고 나면
나는 한층 더 성장해 있을 것이다.

2023 年 07月 02日

일이 이상할만큼 잘 풀리면 의심을 하고 봐야 한다.

누군가의 술수에 당하고 있는 것이다.

변화와 타협. 그 중간 어딘가

2023年 04月 20日

그들의 잘못에 우매한 대중이 분노하기 위해선 더욱
자극적이여야 했다.

비 인류적인, 인간의 불쾌한 감정을 건들이는 요소들.

대중이 분노함에 있어서
그들이 정말 잘못 했는지의 사실, 그들의 잘못의 경중 등의
요소는 중요하지 않았다.

대중들은 이 때다 싶어

감정을 표출함에 있어서 억압 당해온 무료한 일상을

감정을 표출, 즉 분노를 하며
그러한 무료함, 공허함을 채워 갔다.

결국 그들은
대중의 억눌러진 감정 표출 수단으로 전락해 버렸다.

2022年 11月 04日

사회적 불합리에

참고
담담히 내 몫을 수행해 나가는 것.

그것이 어른이 되는 과정이자
책임감 있는 것이다.

불의가 있더라도
순간에는 참고

내 책임을 다 해야 한다.

내 책임을 다 하고
이후
제 3자의 입장이 되었을 때,
객관적으로 바라볼 수 있을 때

그 때 내가 할 수 있는 최선의 복수나 행위를 하면 된다.

2022年 08月 27日

자신만의   얕은   잣대로

모든 사람을 판단해선   안 된다.

그 사람의   인생을   살아본적도   없이

단편적인   것만   보고

그 사람의   모든   것을   알아 냈다고   생각하는
것   만큼

어리석은   것은   없다.

時間.

시간 ; TIME

2022年 09月 30日.

버스를 타려고 휴대폰 배차 시간을 보다가
그런 생각이 들었다.

예상 시간보다 빠르게 오는 버스, 느리게 오는 버스

1분 일찍 온 버스는
누군가에게 지각하지 않게 도와주었을 지도,

1분 늦게 온 버스는
아슬아슬하게 달려온 누군가에겐 안도감을 주었을 지도.

관점과 시야에 따라

누군가에겐 부정적으로 보이겠지만
누군가에겐 긍정적으로 보인다.

나도 모든 사건을 긍정적으로 바라보는 사람이 되고 싶다.

2023.03.25 집앞에서

2022年 08月 16日.

위로를 전하기 위한 한마디에

그의 슬픔에 대입할 내 과거와
그 사람의 배경에 대한 분석과
그가 놓인 상황에 가장 도움이 될 조언

을 담아서 전함에도

그 사람은 슬픔에 빠져

나같은 건, 내 말 같은 건
잘 보이지 않나 보다.

2023年 06月 21日

뭐든지 꾸며내려 하면 실패한 것이다.

자신의 역량 자체를 키워
그것 그대로의 날 것을 보여줌과

멋져 보이기 위해 부풀린 거짓된 꾸며 냄은
반드시 간파당한다.

어쩌면 부풀린 거대함이
부풀리지 않은 작음보다

한심해 보일지도 모른다.

2022 年 08 月 02 日

내 생각을 말할 때
조심해야 한다.

내 생각과 다른 신념을 가진 사람도
충분히 많을 거고

내 생각이 틀렸을 수도 있다.

2022 年 07 月 16 日

___

부화뇌동.

안좋은 뜻 같지만

관점을 돌어서 생각해 보면

부화뇌동이라도 하면 중간은 간다.
같잖은 주관을 챙기다가
더 많은 손해를 보는 경우가 많다.

다같이 하는 것에 따라가다 보면
내 시야에는 안 좋아 보여도
결국은 검증된 길이기 때문에
결과가 좋을 수 있다.

부화뇌동 하면 부정적인 어감의 단어지만
이런 관점에서도 볼 수 있다는 생각이 들었다.

거제 걷다가
2023. 02. 22

공통된 적이 있을 때
그들의 유대감은 끈끈해진다.

어쩌면 왕따를 만드는 이유.
왕따는 그들이 뭉치기 위한 수단이 된다.

그 때,

그들의 유대감을 형성해 주던

단 한명의 희생양이 사라지면

그들은 그들 무리 안에서

또 다른 왕따를 만들어

새로운 왕따를 제외 한 그들은 그들의 무리를 결속

시킨다.

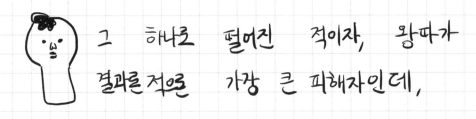 그 하나로 떨어진 적이자, 왕따가
결과를 적은 가장 큰 피해자인데,

다수가 왕따에 향한 혐오감정은
막을 수 없을 만큼 커져

그 다수는 자신들을, 피해자로 칭하고
왕따를 가해자로 만듦과 동시에

그 다수는 스스로를 연민한다.

2022.09.11 거제 몽돌 해수욕장

2023年 12月 06日.

상황, 그래
상황이 그를 그렇게 만들었으리라.

아무리 발버둥을 쳐도
그 어떤 수를 생각 해 내봐도
더 나아질 수 없는 무력감

그 어떤것 보다 숭고한
인간의 목숨을 포기할 정도의
사건이 일어나기엔

단순한 우울증이라는 단어가
이유를 대체 하기엔
인과관계가 부족하지 않은가.

2022 年 08 月 03 日

자존심 때문에 절대 포기 못한 것을
"포기해볼까?" 생각하면

마음이 불편한 것을 넘어 찝찝하고 불쾌하다.

막상 포기했을 때 (ex. 자신이 잘못 함을 인정 했을 때)

마음이 편해 진다.

또한 한층 더 성장할 것이다.
포기에도 연습이 필요하다.

알량한 자존심 때문에
포기를 해야 하는 상황임에도
붙잡고 있으면
결과는 항상 추하다.

그럼에도 나는 자존심을 선택할 때가 많다.

2024.01.02 진정성에 대한 고찰

년통계

2024.1.2. 10:38

Le Grand Bleu, 1988

진정 성이란 무엇인가.

소재가 자극적임은 흡입력을 대변하지 않는다.

폭력물과 포르노는 지루하다.
지루하다 못해 정적이다.

그러한 이유는 무엇인가?

감정이라는 것이 담겨있지 않기 때문이다.

이는   자극적인 소재가
예술의 가치를   대변하지   않음을   말한다.

흡입력 있는, 마음을 움직이는   작품은

감정을   담아낸다.

그 작품을   만든 이의,   그   만든이 만이
느낄 수 있는 풀어낼 수   있는 감정

그러한 감정을 보는 이 역시 똑같이는 느낄 수
없을 것이다.

보는 이가 과거에 겪어왔던 인생으로부터
그 감정을 유추하여 공감한다.

그러한 유추해낼 수 있는
그 사람만이 풀어낼 수 있는 감정이야말로
진실로 폭력적이고 선정적인, 자극적인 것 일 것이다.

그러한 감정을 직시하고
감각적으로 풀어내는 것이
진실로 진정성 있는 작품이 아닌가.

감정 이라는 것은 매우 폭발적이며 폭력적이다.

폭력물과 포르노 영상은
순간적이다.

하지만 감정이라는 것은
그 어떤 노력을 하거나 시간이 지난다고
해결이 되지 않는다.

순간적이지 않다는 말이다.
순간으로 사라져 버리지 않는다.

감정은 생각으로 전이하여
하루종일 생각 나게 만들고
힘들어 지게 만들어 버린다.

이러한 감정이 세상에서 가장 자극적인 무언가가
아닐까 싶다.

.

.

.

진심이란 것은   무엇일까.

사람은   절대   변화하지   않는다   생각했기에

변화할 수 있음을   누구보다 간절히   바랬고

진심이라는   것은 무가치하다   생각 했기에

내가 먼저 진심을   실천하려 노력했다.

진심이 들어가 있는 것은
깊이가 다르다.

꾸며낸 것과는
질적으로 다르다.

꾸며낸 것이 화려해 보일지 몰라도
진심의 가치는 그 무엇으로도 바꿀 수
없다.

그렇기에 진심은 무서운 것이다.

진심은,

그 진심을 풀어낸 이의 마음의 일부를
떼어내어 만들어 냈기 때문에

그 진심이 부정당했을 때의

파급력은 그 무엇보다도 크다.

2022.07.17 할매 집앞

時間旅行;

time travel, 시간여행

現在, 過去 그리고 未來

현 재　　　과 거　　　　　　　　미 래

[현재(現在, present, 오늘날): 처음으로 직접 느낄 수 있는 지금의 시간.

시공간에서는 보통 현재(now)라고 불리는 초평면으로 표현되기도 한다.

물리학에서의 '현재'는 관측자가 감지할 수 있는 '동시성'과 관련이 있다.

과거(過去, 어제날): 현재를 기준으로 그 전의 시간이다.

미래(未來): 현재를 기준으로 그 뒤의 시간이다.

　　　시간의 선형개념⇒ 미래는 발생할 것이 예측되는 투사된 시간의 일부.

(시간) 時間, 사물의 변화를 인식하기 위한 개념.

: 과거, 현재, 미래로 이어지는 명백히 불가역적인 연속선상에서 발생한다.

시간의 측정 ⇒ 인위적인 단위?

　　　사건과는 독립적으로 존재하는 물리학적 의미를 갖는 어떤 양?

물리학에서의 시간:

  시간이 왜 과거에서 미래로만 직선적으로 흐르는가?

실제로 아인슈타인은 특수상대성 이론에서 5가지 시공간 의 특성에 대해
역설했다.

아인슈타인

[시간지연] : 움직이는 물체는 시간이 천천히
간다.

[길이수축] : 움직이는 물체는 길이가 짧아진다.

[동시의 상대성] : 한 사람에게 동시에 일어난
사건은 다른 운동 상태에 있는
사람에게는 동시에 일어나지 않는다.

[질량증가] : 움직이는 물체는 질량이 무거워진다.

[물질과 에너지의 동등성] : 물질과 에너지는 서로
바뀔 수 있다.

이러한 두가지 법칙이 성립하여

① 광속 불변의 원리 (빛의속도는 변하지X)

② 특수상대성 이론 - 시간지연

시간의 속도차이가 가능하다면 시간여행 역시 가능할 것이다.

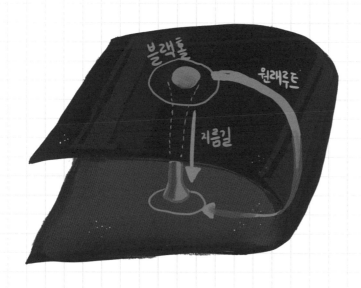

- 시간여행이 가능하다면, 미성숙하고 고통스러운 과거를
  바꾸고 싶은가?

- 과거를 바꾼다면 지금의 나는 조금 더 나은 인간이
  될 것인가?

과거를 바꾸고 싶을만큼 최악이라 느껴질 경험은 항상 상처를 남긴다.

그러한 상처가 아물고 나면 새살이 올라온다.

그 누구도 똑같은 흉터를 가질 수 없다.

그러한 흉터 하나하나가 모여 그 사람을 형성한다.

시간여행을 하여 상처받을 나를 방어하여 흉터를 모두 없앤다면,

그 흉터를 없앤 '나'는 지금의 '나'와 같은 사람이 아니다.

근본적으로,
지금의 내가 과거로 간다면 그 상처의 근원문제를
해결할 수 있을까?

아니다.
사람은 쉽게 바뀌지 않는다. 그 때의 나 역시 내가 할 수 있는
최선의 선택, 해결을 해왔다.

과거로 간다 하더라도, 과거의 실수를 반복할 것이다.

과거의 나는 실수를 하면 후회를 하며 과거로 돌아가길 원했다.
지금의 나는 주장한다.

과거를 바꾸는 것이 아닌, 과거를 분석하여,
현재의 나의 태도를 변화시켜 미래를 바꿔야 한다.

2022. 08. 04 강릉. 주문진. 철뚝집앞

2023年 05月 28日

부족함이 풍족함이다.

풍족함이 곧 부족함이다.

더 이뤄낼 것이 없음이 만들어 내는
공허함은 그 무엇으로 채울 수 없고

부족함에서 비롯된 야망은
열정적이고 풍부한 사람으로 보이게 한다.

2022 年 07 月 18日

어떠한 것을 싫어 한다고 말하는

가벼운 한 마디가

간절히 원하는 마음에서 우려나온

흔적 이기를

2022 年　07 月 12 日

사소한　말　한마디더라도

사소한　행동　하나더라도

어떤 큰 부분의　단서가 될 수 있다.

그것을　파악하는　능력이　빨라지면

눈치가　빠르다고　한다.

2023 年 06 月 11 日

모든것의 시작은 열등감으로부터 근원한다.

잘나 보이고 싶은
노력의 이유.

번아웃이 올 때 마다 그 열등감이야말로
열정을 쏟을 수 있게 도울 것이다.

그러니 열등감을 부정적으로 생각 할 필요 없다.

2023.07.06

2023年 12月 04日

없는 사람에 대한 동정은

현재 없는 사람이 한다.

혹은 사무치게 없어 본 적이 있는 사람이거나

이 무슨 아이러니인가.

동정이란 것은 있는자들의 특권이 아닌가.

그러한 상황을 겪어본 적 있는 사람만이

그 사람을 대입할 수 있다.

동정이란 것은

공감의 일종이 아니었을까.

아니면 과거의 나에 대한 투사 였을까.

공감의 일종으로서의 긍정적인 동정도 있다.
하지만 부정적 의미의 동정도 있다.

부정적인 동정,
이 동정이란 것은 상하관계가 명백하다.

관계라는 것은
동정이 기반이 되어서는 안된다.

내가 그 사람보다
우위에 서 있다는

착각.

무엇이 그들이 우위에 서 있다
착각하게 만드는가

지금까지 배려는

그 사람에 대한 진심에서 비롯되어야 한다고 생각 해왔다.

어디서부터 어디까지가 잘못된 것일까.

나는 위선적이다.

얄팍한 내 자존심과 동정심이

위선적인 배려를 만들어

더욱 비참하게 만들었을까.

배려를 한다는 것은

배려를 함으로서 느끼게 될 타인의 부담까지
고려해야 한다.

부담이라는 것의 범위는

다시 갚아야 한다는 것. 배려를 받는 약자가 됨으로서의
쉬심. 특별대우로 인해 오히려 소외받는 느낌 등등이
될 수 있다.

때기 따라선
배려하지 않음이 배려일 수 있다.
알면서도 모른 척 하는 것.

부담을 고려하지 않는 다면

그것은 배려가 아닌

단순한 자기 자신이 마음 편하기 위한 이기심에 비롯한
위선이 아닌가 싶다.

이기심에 비롯한 위선?

그럼에도

배려을 한다는 것은

서로의 마음을 공유하는 것.

그 사람에 대하여 생각을 했다는 것.

그렇기에 의미가 깊은 행위임은 확실하다.

고통이란 무슨 의미가 있는가?

간호학과 재학 중,

마취가 통증을 없애는 작용 원리를 찾아본 적이 있다.

---

① 자극

③ 앗! 통증이다

피부 ②신경 → → 뇌

대충.. 이런 메커니즘 이였다.

이것은 신체적인 고통이고, 나는 다른 고통에 대한
이야기로 이어 나가고 싶다.

고통 하면 개인적으로 떠오르는 말이 있다.

"진실된 조언은 말하는 사람이 고통스러워야 한다."

말하는 사람이 아파야 진실된 조언인가?

그렇다면 진실되지 않은 조언은 무엇인가?

오지랖과 조언의 근본적인 차이는 무엇인가?

조언이든, 오지랖이든 듣는 이는 고통스럽다.는 것이
정론이다.
그런 조언에 대한 이야기로 넘어갈까 한다.

조언. 사람마다 다양한 의견이 있었다.

① 사람이란 바뀌지 않기 때문에, 조언이란 것은 의미가 없다.

② 듣는사람이 기분 나쁘기 때문에, 애정하는 사람이 아니면 굳이 조언을 하지는 않는다.

③ 조언은 여러 리스크를 감수하며 말을 해야 하기 때문에(듣는 사람과 멀어질 각오) 진심을 담아야 한다.

→ 이 말들이 공통점도, 차이점도 있다.

내가 생각한 조언이란..

① 목적 ;
청자로 하여금 변화를 촉진하기 위한 목적성을 가진 말이다.

② 변화를 어째서 촉진해야 하는가? ;
내가 판단했을 때, 변화 하는 것이 명백하게 변화 전 보다 낫기 때문이다.

③ 무엇을 고려해야 하는가? ;

③-1. 나의 판단이 정확한가?

③-2. 변화가 명백하게 낫다면, 그 사람이 스스로 변화의 필요성을 느끼지 못한 이유가 무엇인가?

③-3. 근본적인 해결 방안이 무엇인가?

③-4. 조언을 긍정적으로 받아들이기 위해 어떤 화법을 사용해야 하는가?

→ 그 사람에 대한 오만가지 생각을 거쳐야만 할 수 있는 것이 조언이다. "진실된 조언은 말하는 사람이 고통스러워야 한다." 는 말은 틀린말은 아닌 것이다.

앞서, 조언에 대하여 사람마다 다양한 의견이 있다고 하였다.
그 의견들의 공통점은 무엇인가?

조언은 대체적으로 듣는사람의 기분이 나쁘다는 것이다.

기분이 나쁜 근본적인 이유는 무엇인가?

경로의존성. 經路依存性, Path dependence.;

과거에 만들어진 제도, 구조, 규격 등 한 번 일정한 제품이나 관행에 익숙
해져 의존하기 시작하면 나중에 비효율적으로 되더라도 이를 벗어나지 못하는
현상이다.

요약하자면 "더 나은 대안이 있어도 익숙한 것을 유지하려는 것" 이다.

① 한번 각인되면 잘 바뀌지 않는 인간의 본성
② 매몰 비용 법칙.

이 원인이 될 수 있다.

→ 경로의존성이라는 현상에 따르면.

그렇다. 변화를 요구하는 것은 기분이 나쁘고, 고통이 따르는 것은
당연하다. 그렇기에 의미가 있는 것이다.

이렇듯. 결론적으로

변화가 있기 위해선, 고통도 잇따른다.

같은 것만 반복하는 것은 발전이 없는, 즉
죽은 것과 같다.

조언이든, 오지랖이든 듣게 된다면,

변화도, 고통도 두려워 하지 말고
계속해서 변화도, 고통도 시도해 보는 것은 어떨까?

2024年 01月 12日

다이어트도   그렇고

무엇인가   바뀐다는   것은
인생을   통으로   바꿔 버려야   한다.

내가 살아온 환경

나의   습관

성격

 등

  등

  등

지금까지   결과로서   보이는   것들은
원인이   있기   때문인데

그   원인으로는

내가 살아온   환경 습관 등등에   기원한다.

따라
같은 것에 단순 노력만 한다고 해서
결과가   바뀌진   않는   것이다.

왜냐하면
나는 노력을   했다   생각했는데

아웃풋이   바뀔만큼
그 유지되어온   항상성이 있는 결과를   바꿀만큼
크지   않았거나

노력을   했다 생각했는데

노력   전과 후
양에 대한 절대값을   따져 보았을   때
동일하거나.

그렇다.

<u>12:40</u>

습관이라는 것은 무서운 것이다.

자신이 누려온 모든 것.
너무나 당연했기에

그래서 돈이 무섭다.

자본주의 사회에서
돈을 사용한다는 것은 그런 것이다.

돈을 번다는 것도 그런 것이고

돈이 있다가 없어진다는 것의 의미는

한 없이 비참해지고
인간 본성을 보여주고야 만다.

간절히 원한다고 생기는 것이 아니다.
돈이라는 것은.

2023.06.24

2022年 08月 29日

계획대로 못해서 게으르고 책임감 없는 것과

계획이 틀어졌을 때 유연하게 대처하는 것은

구분되어야 한다.

2023年 12月 22日

_____

내가   진실로   두려운   것은

내가   소중하다   생각한
그들이   떠날까가   아니다.

갖은   핑계를   대며   상황을   그들의   탓으로
돌릴까   이고,

수치 심을   잊을까 이다.

2023.05.31

2023年 12月 16日

종교에 대한 글을 대학 1학년 때 과제로 낸 적이 있다.

[" 그들이 사이비 종교에 빠질 수 밖에 없는 이유 "]

그 때 과제의 결론은 이러 했다.

[
① 환경적인 요소
→ 신도의 불우한 환경에 의해 판단력 저하
② 지능적인 포교 시스템

에 의해 사이비 종교에 빠진다.

137

지금 와서   다시 생각 해 보면

외로움   때문이였을   것이다.

외로움이란   무엇일까.

사무치게   외로워서

사이비 종교가 잘못됨을   인지함에도

어쩌면   인간이   사이비 종교에   빠지는 이유.

너무나 사무치게 외로워서

종교라는 매개체로

사람과 사람과의 관계를   맺고 싶었을 것이다.

너무나 뼈에 스라리게 괴로워서

그 무게를 견디기에 버거워

종교로 맺어진 이들에게

기대고 싶었으리라.

2023.08.01

2021 年 12月 19日

어쨌든 인생의 궁극적인 목표는 행복이다.

그러한 행복을 달성하기 위한 수단이
자기개발일 수 있고, 생산성 높은 활동을 하는 것 일 수
있다.

하지만 자기개발이나 생산성 높은 활동을 하는 것을 넘어
강박 수준 까지 가서 불행해져 버린다면
그것은 주객전도가 된 것이 아닌가?

단 하루도 마음 푹 놓고 쉬지 못한다면,
내 자신이 행복하지 않기 위해 쉼 없이 채찍질
한다면 그것은 감옥이 아닌가 싶다.

문제상황이 생긴다면 해결하면 된다.

그 어떤 문제상황이 펼쳐진다 하더라도
나에게 큰 타격이 되진 않는다.

최악의 상황이 발생한다 하더라도, 나에게 큰 타격이 없다.

무엇이든지 인과관계가 있다. 원인이 있기 때문에 결과가
있는것이다. 원인을 분석 해야 한다.

나에게 있어 최악은 무엇인가?

⇒ 내 편인줄 알았던 사람이 다 돌아 선 것? 믿었던
  사람이 다 돌아 선것?

→ 이게 최악이면 내 자신에게 실망이다.
  남에 의해 내 인생이 흔들릴 정도면 얼마나 줏대
  없는가.

내 자신이 중심을 잡고 내 자신만을 믿어야 한다.
다른 건 다 흔들려도 내 자신은 굳건해야 하고
남은 못 믿어도 내 자신은 믿어야 하고
남을 사랑하지 못하더라도 내 자신만큼은 누구보다
사랑해야 한다.

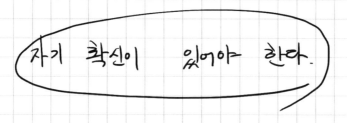

자기 확신이 있어야 한다.

있는 그대로 봐야 한다.
억지로 바꾸려 하면 실패한 것이다.

그 사람 자체를 있는 그대로 봐야 한다.

그 사람이 현재의 그 모습으로 존재하기 까지

다양한 겪어 온 원인요소들이 있을 것이고, 결과로서

현재의 모습이 남았다.

그 사람의 미래의 모습이 내 행동이 원인으로서

비롯될 수 있다.

변화를 시킬 때 다양한 방법이 있을 것이다.

말로 싸우며 변화를 시킨다면 반발심리 만 커진다.
자연스럽고 기분 안나쁘게. 지능적으로 접근해야 한다.

웃으면서 장난인 것 처럼 문제를 긁어 준다던지)
슬쩍 슬쩍 기분 안 나쁘게 눈치보며 조금씩 말해
줄 수도 있다.

(책임). 책임 지기 싫다.　　　책임 지기 무섭다.

일이 잘못 되었을 때 원망 받기 싫다.

.
.
.

누군가가 싫다. 보통 사람들은 그 사람의 특징을
나열하여 그 특징들이 싫다고들 한다.

그 특징 탓을 하고 싶은 것이다.

그냥 그 사람이 싫은 것인데,

(그냥). 이라는 이 두 단어는

싫어하는 내 자신이 <u>싫다</u> 는 부정적인 감정을

표출하는 이유로서는 너무나 지극히 책임감도 없어

보이고 내 자신이 나쁜놈이 된 거 같기에.

특징을 나열함으로서 그 특징으로 책임을 넘겨 버린 것이다.

결국 본질은 찾지 못한 채
    (① 싫어 하는 이유는 그냥 그 사람 이여서
    ② 책임 넘기기 위해 특징을 만들어 냄)

자기 자신에 심취해 버리면

결국은 그 특징을 가진 사람들에게 편견이 생겨 버린다.

2022年 09月 04日

싫어 하는 사람에게 잘 보이려 노력할 필요 없고

좋아 하는 사람 떠날 까 두려워 할 필요도 없다.

맺음말.

" 2년간 적어온 일기장의 내용을 각색해서

쓴 글 들을 묶은 책이다. "

고등학교로 진학하고, 환경이 바뀌었다.

내가 예상하지 못한 아픔을 겪었다.

다시 생각 해 보면 부족한 내 사회성,

혹은 대처능력 때문에 발생한 아픔일 것이다.

그 때는 남 탓이 그렇게 하고 싶었다.

내가   잘못 되지 않았다고, 걔네가   잘못됐다고.
생각 하고   싶었다.

그래서   제일 친한   친구   A 양에게
학교가 끝나면   매일같이   전화하여 '남탓'을   했다.
계속해서 반복 하다 보니,   A양은   감정 쓰레기 통이 되었고,
나의 우울은   날이 갈 수록   심해 졌다.

그런   행동을   한 뒤의   결론은.

" 부정적인   감정은   표출 할 수록   강해진다 "
였다.

그 때의 경험 이후.

나는 부정적인 감정을 속에 삭혔다.
그리고 삭혀서 내린 결론이나 짤막한 생각들을
일기에 적기 시작 했다.

⇒

그렇게 2년간 적은 일기의 결실이 이 책이다.

어쩌면 미래의 내가 이 책을 다시 읽었을 때
내가 겪어온 소중한 과거를
한번 더 생각나게 해 줬으면 좋겠다.

결핍이 있어야만 완벽해질 수 있음을

초판 1쇄 인쇄 2024년 03월 07일
초판 1쇄 발행 2024년 03월 14일
지은이 이 승

펴낸이 김양수

책임편집 이정은

펴낸곳 도서출판 맑은샘
출판등록 제2012-000035
주소 경기도 고양시 일산서구 중앙로 1456 서현프라자 604호
전화 031) 906-5006
팩스 031) 906-5079
홈페이지 www.booksam.kr
블로그 http://blog.naver.com/okbook1234
페이스북 facebook.com/booksam.kr
이메일 okbook1234@naver.com
ISBN 979-11-5778-636-7 (03800)